LE CHANT D'EXCALIBUR

Tome 1

LE RÉVEIL DE MERLIN

Scénario

ARLESTON

Dessins

HÜBSCH

Couleurs

CHAGNAUD

Soleil, le Grand Hôtel, Place de la Liberté 83000 Toulon
Tél : 04 94 185 185 - fax : 04 94 62 30 21
Dépôt légal juillet 1998 - **ISBN 2 - 87764 - 676 - 9**

Couleur de couverture : Claude Guth
Conception graphique : Laurent Arnaud pour Soleil
Photogravure : Quadriscan - 04 Oraison
Impression : Lesaffre - Tournai - Belgique
Reliure : SIRC

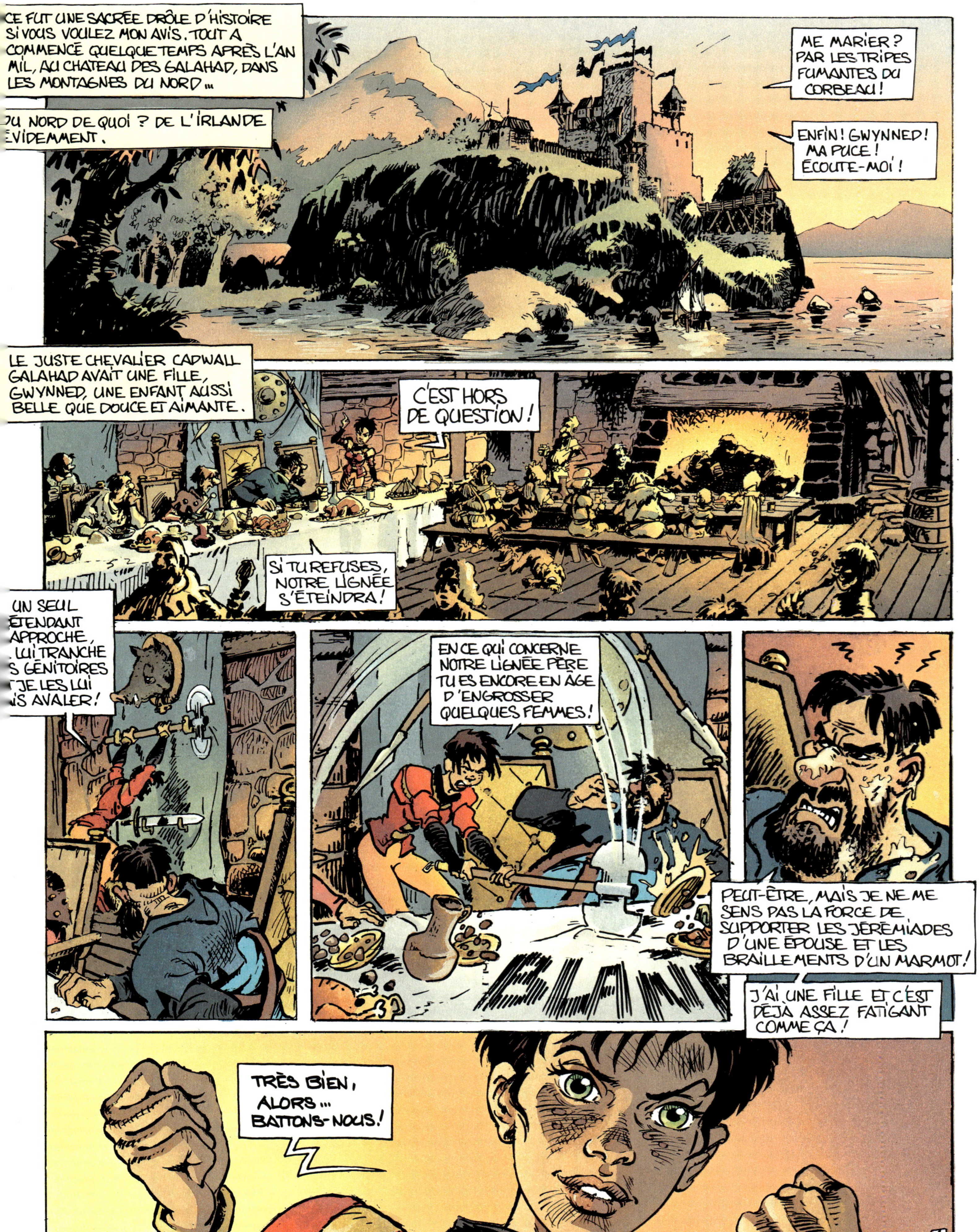
CE FUT UNE SACRÉE DRÔLE D'HISTOIRE SI VOUS VOULEZ MON AVIS. TOUT A COMMENCÉ QUELQUE TEMPS APRÈS L'AN MIL, AU CHATEAU DES GALAHAD, DANS LES MONTAGNES DU NORD...
U NORD DE QUOI ? DE L'IRLANDE VIDEMMENT.
ME MARIER ? PAR LES TRIPES FUMANTES DU CORBEAU !
ENFIN ! GWYNNED ! MA PUCE ! ÉCOUTE-MOI !
LE JUSTE CHEVALIER CADWALL GALAHAD AVAIT UNE FILLE, GWYNNED, UNE ENFANT AUSSI BELLE QUE DOUCE ET AIMANTE.
C'EST HORS DE QUESTION !
SI TU REFUSES, NOTRE LIGNÉE S'ÉTEINDRA !
UN SEUL ÉTENDANT APPROCHE, LUI TRANCHE S GÉNITOIRES T JE LES LUI IS AVALER !
EN CE QUI CONCERNE NOTRE LIGNÉE PÈRE TU ES ENCORE EN ÂGE D'ENGROSSER QUELQUES FEMMES !
BLAM
PEUT-ÊTRE, MAIS JE NE ME SENS PAS LA FORCE DE SUPPORTER LES JÉRÉMIADES D'UNE ÉPOUSE ET LES BRAILLEMENTS D'UN MARMOT !
J'AI UNE FILLE ET C'EST DÉJÀ ASSEZ FATIGANT COMME ÇA !
TRÈS BIEN, ALORS... BATTONS-NOUS !
1

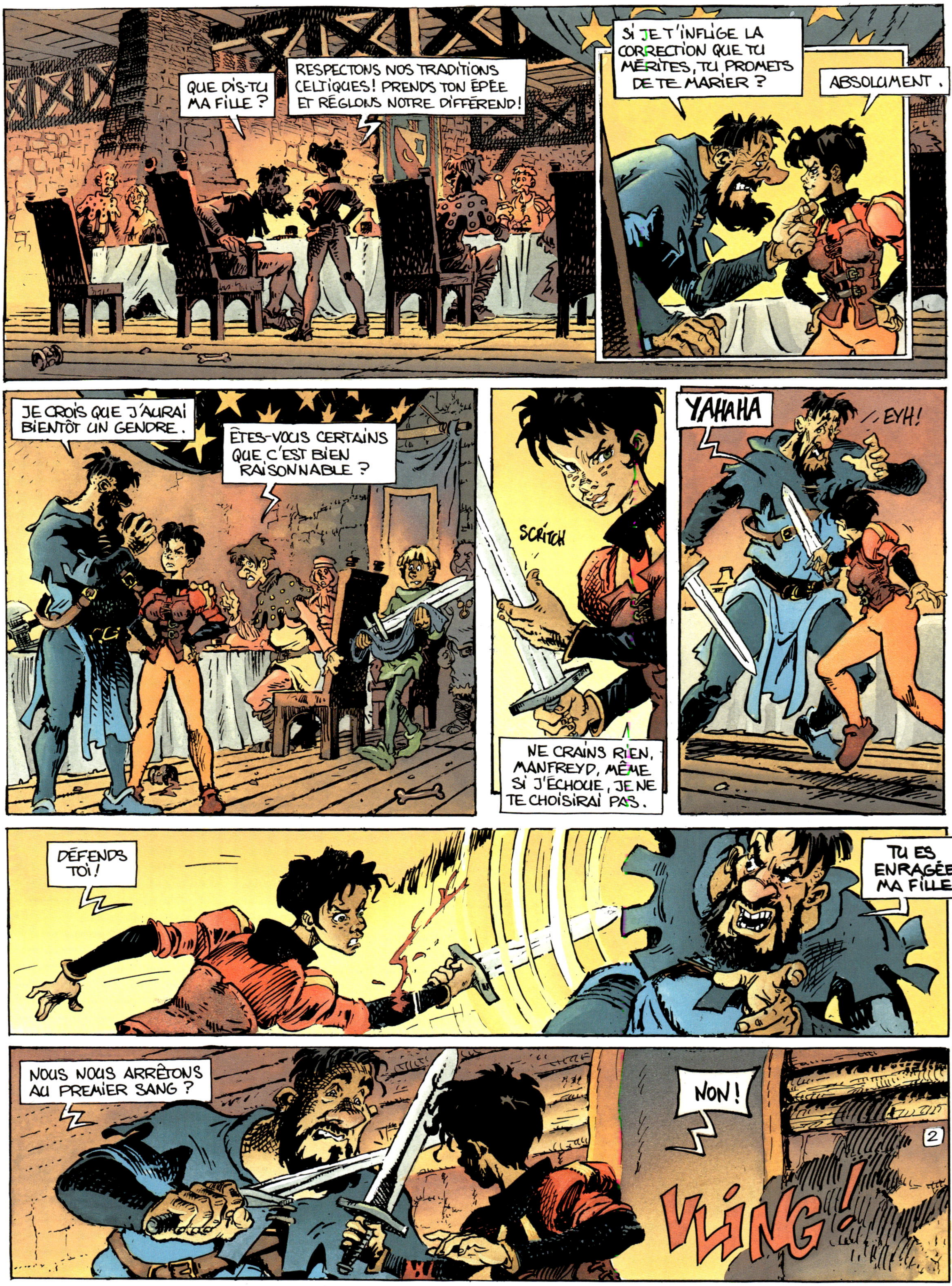
QUE DIS-TU MA FILLE ?
RESPECTONS NOS TRADITIONS CELTIQUES ! PRENDS TON ÉPÉE ET RÉGLONS NOTRE DIFFÉREND !
SI JE T'INFLIGE LA CORRECTION QUE TU MÉRITES, TU PROMETS DE TE MARIER ?
ABSOLUMENT.
JE CROIS QUE J'AURAI BIENTÔT UN GENDRE.
ÊTES-VOUS CERTAINS QUE C'EST BIEN RAISONNABLE ?
SCRITCH
NE CRAINS RIEN, MANFREYD, MÊME SI J'ÉCHOUE, JE NE TE CHOISIRAI PAS.
YAHAHA
EYH !
DÉFENDS TOI !
TU ES ENRAGÉE, MA FILLE !
NOUS NOUS ARRÊTONS AU PREMIER SANG ?
NON !
VLING !

SWICH
TU ES TÊTUE COMME...
COMME TOI!
YAHAHA!
AAHR
EYH! C'EST PAS LOYAL!
GROAAAR
?
TCHAC
GWYNNED MA FILLE, SI TU CONNAISSAIS MIEUX NOS TRADITIONS...
OUPS!
...TU SAURAIS QUE TOUS LES COUPS SONT PERMIS!
MILLE MOINES VÉROLÉS!
TU AS PERDU, GWYNNED.
SCRTCH
GRR...
ET VOILÀ! UNE JOLIE ROBE POUR LA MARIÉE!
JE TE DÉTESTE...
...NOUS ORGANISERONS BIENTÔT UN TOURNOI AVEC LES PLUS BEAUX CHEVALIERS DE LA RÉGION POUR QUE TU PUISSES CHOISIR.
SI UN IMBÉCILE ACCEPTE DE M'ÉPOUSER, JE LE LUI FERAI PAYER TOUTE SA VIE!
3

LE MÊME JOUR, À QUELQUES DIZAINES DE LIEUES DE LÀ, UN CURÉ DE VILLAGE AVAIT DÉCIDÉ DE METTRE À BAS UN DOLMEN POUR LE REMPLACER PAR UNE STATUE DE LA VIERGE ...
... UNE PRATIQUE TRÈS EN VOGUE EN CES TEMPS DE CHRISTIANISA-TION GALOPANTE.
VENEZ MES FRÈRES!
ANÉANTISSONS LES FAUX DIEUX!
DÉTRUISONS CES SYMBOLES PAÏENS! SEULE LA VRAIE FOI TRIOMPHERA!
alleluya
SEIGNEUR JÉSUS CHRIST, BÉNIS CE LIEU, VESTIGE DE LA SUPERSTITION ET DU SATANISME!
HISSE!
CRRRR
amen
ATTENTION!
CRAC
attention
BROLOMM
ALLELUYA
MAIS ... QU'EST-CE QUE C'EST QUE ÇA?!?
IL ÉTAIT DANS LE ROCHER!
C'EST IMPOSSIBLE!
ZZ..
LE DIABLE! C'EST LE DIABLE!
4

SATAN EST SUR NOUS !
AU SECOURS !
SEIGNEUR, PROTÈGE TON SERVITEUR !
MRR ? QU'EST-CE QUE C'EST QUE CE VACARME ?
J'AI HORREUR QU'ON ME RÉVEILLE EN PLEINE NUIT.
PEUT-ÊTRE L'AVEZ-VOUS OUBLIÉ, MAIS CINQ SIÈCLES PLUS TÔT, PEU DE TEMPS APRÈS QUE LES ROMAINS EUSSENT QUITTÉ LES ÎLES BRETONNES, UN HOMME AVAIT BEAUCOUP FAIT PARLER DE LUI.
C'ÉTAIT UN DRUIDE DU NOM DE MERLIN, ET IL AVAIT DONNÉ UN SÉRIEUX COUP DE MAIN À SON ROI ARTHUR.
UN JOUR, MERLIN DISPARUT, ON APPRIT BEAUCOUP PLUS TARD QUE LA SORCIÈRE MORGANE L'AVAIT ENDORMI ET ENFERMÉ AU COEUR D'UN ROCHER.
TOUJOURS EST-IL QUE MERLIN AVAIT FINI PAR SE RÉVEILLER.
SACRÉE SIESTE !
TAP TAP TAP TAP TAP
C'EST FOU CE QU'ON PEUT ATTRAPER COMME POUSSIÈRE, EN QUELQUES SIÈCLES !
JE N'AIME PAS TROP ÇA, MAIS JE SUPPOSE QU'UN BAIN EST NÉCESSAIRE.
BRR ! ELLE A L'AIR FRAÎCHE !
SE LAVER ! C'EST UNE CHOSE À LAQUELLE JE N'AI JAMAIS PU M'HABITUER.
TU SENS TOUJOURS AUSSI MAUVAIS MERLIN !
?!?
5

ON NE PEUT PAS DIRE QUE TU TE SOIS PRESSÉ, VIEUX BOUC ! IL A FALLU T'ATTENDRE CINQ SIÈCLES !
OH NON !
VIVIANE ! C'EST PAS VRAI, ÇA ! ON NE PEUT PLUS METTRE LES PIEDS DANS UNE FLAQUE SANS TOMBER SUR TOI !
QUE FAIS-TU LÀ ? TU ES SENSÉE ÊTRE LA DAME DU LAC, PAS LA DONZELLE DES RUISSEAUX !
LA SITUATION EST GRAVE, MERLIN, TRÈS GRAVE. TU REVIENS JUSTE À TEMPS
POURQUOI ? TU NE TROUVAIS PLUS D'AMANTS ?
LA MAGIE EST EN TRAIN DE MOURIR, MERLIN. NOTRE MONDE DISPARAÎT.
MAIS, C'EST IMPOSSIBLE !
TU TE SOUVIENS DE CETTE RELIGION QUI COMMENÇAIT À AVOIR DU SUCCÈS LORSQUE TU ES PARTI ?
LA SECTE DES CHRÉTIENS ?
ÇA A TRÈS BIEN MARCHÉ POUR EUX. AUJOURD'HUI, PEU DE GENS CROIENT ENCORE EN NOUS, ET NOUS AVONS PERDU PRESQUE TOUTES NOS FORCES.
LES DOLMENS SONT À L'ABANDON. LES FÉES, LES ELFES, LES LUTINS, TOUT LE PETIT PEUPLE A DISPARU.
IL SUFFIT QUE JE M'ABSENTE QUELQUES SIÈCLES ET C'EST LE FOUTOIR !...
BON, QU'EST-CE QUE TU VEUX QUE JE FASSE ?
NOUS AVONS ENCORE QUELQUES PARTISANS.
LES DESCENDANTS DE GALAHAD VIVENT DANS UN CHÂTEAU À QUELQUES JOURS DE MARCHE. TU Y TROUVERAS UN HÉROS.
JE LUI REMETTRAI EXCALIBUR, L'ÉPÉE D'ARTHUR, ET VOUS RÉTABLIREZ NOTRE PUISSANCE.
ET SI JE PRÉFÈRE ALLER ME SAOULER DANS LES BORDELS DE TARA ?
JE TE RAPPELLE QUE SI LA MAGIE DISPARAÎT, TU REDEVIENS MORTEL MERLIN !
LÀ ... ÉVIDEMMENT...
GRAT GRAT
MERLIN, UNE DERNIÈRE CHOSE ...
OUI ?
ÇA NE SERT À RIEN DE PRENDRE UN BAIN SI C'EST POUR REMETTRE DES VÊTEMENTS SALES APRÈS.
6

EN CES TEMPS OÙ S'EFFAÇAIT À PEINE LA GRANDE PEUR DE L'AN MIL, LES CHEMINS N'ÉTAIENT GUÈRE SÛRS POUR LE VOYAGEUR SOLITAIRE.
LETHAE LA VELUE UN JOUR POUR ME PLAIRE SE RASA LE CUL ELLE EN ÉTAIT FIÈRE ...
HÉLAS UNE FOIS NUE SON JOLI DERRIÈRE NE ME TENTAIT PLUS, J'PRÉFÉRAIS UNE BIÈRE ...
HO HO ...
TA BOURSE, VIEILLARD OU J'ABRÈGE TES DERNIERS JOURS.
OUAIS ! AVEC CRUAUTÉ, MÊME !
SAVEZ-VOUS QUI JE SUIS, REBUTS DE SOUS BOIS?
L'ENCHANTEUR MERLIN !
C'EST PAS TON NOM QU'ON VEUT, C'EST TON OR !
JE COMMANDE AUX FORCES SECRÈTES DE LA NATURE, ET J'ABJURE LE DRAGON FUMANT ...
MOI AUSSI QUAND CHUIS BOURRÉ. FAIS DÉJÀ VOIR TES POCHES.
TANT PIS POUR VOUS, J'EN APPELLE À LA BÊTE !
ANH AL NAPHRA ... URBAS BIENDIS ... VERETH SIEMPREH ...
FOUTRE DE LICORNE. ÇA N'A PAS MARCHÉ !
NON.
POUF
GROUILLE, CROULANT, ON A PAS QUE TOI À DÉTROUSSER !
MÉFIONS-NOUS ! IL A L'AIR FOL DU DEDANS DE LA TÊTE !
ON PEUT AVOIR LA TÊTE VIDE ET LES POCHES PLEINES ...
OU LA TÊTE PLEINE ET LES POCHES VIDES ! JE NE POSSÈDE PAS UN LIARD ET ...

ALORS RECOMMANDE TON ÂME AU SEIGNEUR ...
AU QUOI ?!? NE SOYEZ PAS VULGAIRE !
ET POUSSEZ-VOUS DE LÀ !
WAÏÏEE
?!
POC
FLACH
AÏE
AÏE
MUFF ! QUELLE SITUATION INDIGNE DU GRAND MERLIN !
NE PAS RESPIRER ... NE PAS RESPIRER ...
JE T'AVAIS DIT DE SUIVRE LA RIVIÈRE, PAS DE LA REMONTER À LA NAGE !
UN PEU D'AIR, PEUT-ÊTRE ?
VLOUF
OU ALORS TU AS ENFIN DÉCIDÉ DE LAVER TES VÊTEMENTS. MAIS IL N'ÉTAIT PAS INDISPENSABLE DE RESTER DEDANS.
TU CROIS QUE ÇA M'AMUSE, DEUX BAINS DANS LA MÊME JOURNÉE ?
VIVIANE, C'EST EFFROYABLE ! J'AI VOULU INVOQUER LA BÊTE ET RIEN NE S'EST PRODUIT !
AH ! TU COMMENCES À COM-PRENDRE !
IL NOUS GÂCHE LE PLAISIR À SE NOYER TOUT SEUL. ON S'EN VA !
SALAUDS DE VIEUX ! ILS NE RESPECTENT PLUS RIEN !
8

LE GRAND MERLIN NE VA PAS SE LAISSER FAIRE. TES CURÉS VONT APPRENDRE À ME CONNAITRE.
JE VAIS TE ME LEUR FAIRE TÂTER DU DRAGON! LES SEPT ENFERS VONT LEUR CHATOUILLER LES PIEDS! QU'ILS S'ACCROCHENT À LEUR TONSURE!
PAAARFAIT!
C'EST AINSI QUE MOUILLÉE ET TRÈS REMONTÉE, L'HISTOIRE SE METTAIT EN MARCHE ...
... ELLE AVAIT RENDEZ-VOUS AU CHATEAU DES GALAHAD
TES SOUPIRANTS SONT PRÊTS À S'ENTRETUER POUR TOI, GWYNNED, MA FILLE. CHOISIS PENDANT QU'ILS SONT ENCORE VIVANTS!
GRGNF... PAS ENVIE.
MES AMIS! RANGEZ VOS ARMES. LES JOUTES REPRENDRONT APRÈS UNE PETITE COLLATION.
S'EMPIFFRER ET SE SAOULER! ILS NE SAVENT RIEN FAIRE D'AUTRE!
IL Y A D'AUTRES DISTRACTIONS MAIS JE TIENS À CE QUE TU SOIS MARIÉE AVANT D'Y PARTICIPER
9

SACRÉS GALAHAD ! LEUR BIÈRE EST FORT RÉPUTÉE ET LEUR CHAIR EST APPÉTISSANTE !
À PROPOS DE CHAIR, TU AS VU GWYNNED, LA FILLE DE CADWALL ?
HU HU ! TU VEUX PARLER DU DESSERT ?
CHIC ! J'ARRIVE AU BON MOMENT, ON RIPAILLE ICI !
VIVIANE AURAIT PU ÊTRE PRÉCISE. LEQUEL DE CES JEUNES GENS EST LE VALEUREUX HÉROS À LA PUISSANCE INDOMPTABLE ET À LA BRAVOURE IMBÉCILE ?
ET SURTOUT, QU'EST-CE QUI ME CHATOUILLE LE DOS ?
GROAR
GENTIL PETIT FRÈRE OURS ! MOI PAS MIEL, MOI VIANDE FILANDREUSE.
COPAINS ?
WOOARGN
BON, PAS COPAINS...
AAAÀ L'AIDE !
10

N'ÉCOUTANT QUE MON COURAGE, JE BONDIS TEL LE RENARD EN PLEIN VOL ...
CETTE BIÈRE EST FAMEUSE GOÛTEZ DONC !
ÀÀÀ L'AÏÏÏDE !
QU'EST-CE QUE ...?!
HÉ !
PAR ICI VIEILLARD !
JE M'EN OCCUPE !
PRÉPAREZ UNE BROCHE, VOILÀ UN SUPPLÉMENT DE VIANDE !
AAAAA..
MALEPESTE !
SCHTING
OOOOOOHH
QU'EST-CE QU'IL EST COURAGEUX !
OUI, C'EN EST ÉCOEURANT.
EN TOUT CAS, IL EST PERDU !
TENU.
WOOAR
11

GRAOOOOOO
QUELLE BRAVOURE IMBÉCILE!
ARAHAAAH
QUELLE PUISSANCE INDOMPTABLE!
J'ARRIVE PÈRE!
TOC
EYH!
SALETÉ DE ROBE!
HÂTE-TOI MA FILLE JE VAIS CÉDER!
BRIIIIIII
12

GLLGLLGG
TU N'AS RIEN ?
JUSTE DES ÉGRATIGNURES
MERCI POUR LA BROCHE...
S'IL N'Y AVAIT PAS EU CETTE MAUDITE ROBE...
ALORS PÈRE, UN DE CES COURAGEUX CHEVALIERS TE SEMBLE DIGNE DE M'ÉPOUSER ?
J'AI BIEN ENVIE DE BALANCER CES COUARDS DANS LE LAC ! TOUT JUSTE BONS À S'AGENOUILLER DEVANT LES CURÉS.
JE M'ATTENDAIS À QUELQU'UN DE PLUS JEUNE.
MAIS VOUS ÊTES SANS AUCUN DOUTE UN HÉROS. MERCI DE VOTRE INTERVENTION.
VOUS ÊTES SUR MES TERRES ET DONC SOUS MA PROTECTION. SOYEZ LE BIENVENU, VIEILLARD.
ET VOUS, PLEUTRES INFÂMES, DÉGUERPISSEZ ! AUCUN DE VOUS N'AURA MA FILLE !
NORMALEMENT ON DEVRAIT CONSIDÉRER ÇA COMME UN AFFRONT.
TU AS ENVIE DE FINIR COMME L'OURS ?
C'EST DOMMAGE, J'AIMAIS BIEN LA NOUVELLE COUPE DE LA ROBE.
JE M'APPELLE CADWALL, ET VOICI MA FILLE, GWYNNED. VENEZ PARTAGER NOTRE REPAS.
JE SUIS MERLIN.
ENCHANTÉE.
13

SEIGNEUR CADWALL, J'AI À VOUS ENTRETENIR D'UNE AFFAIRE DE LA PLUS HAUTE IMPORTANCE.
JE VOUS ÉCOUTE, VIEILLARD.
LA SCHÊNE QUE CHAI OBCHERVEE ME FAIT DIRE QUE VOUS CHÊTES BIEN LE DIGNE DESCENDANT DU CHEVALIER GALAHAD QUE CHAI BIEN CONNU AUTREFOIS À LA COUR DE CAMELOT, ET ...
CRUNCH
À LA COUR DE CAMELOT? TIENS DONC! IL Y A PLUS DE SIX CENTS ANS ... RAPPELEZ-MOI VOTRE NOM?
TOC
TOC
MIOM ... MERLIN
MERLIN ...
LE MERLIN ?
EXCHACTEMENT. LE CHEUL ET UNIQUE, LE GRAND, L'IRREMPLAÇABLE
JE SUIS RESTÉ ABSENT LONGTEMPS. LES VIEILLES TRADITIONS ET LES CROYANCES ANCESTRALES SONT MENACÉES PAR CETTE ENGEANCE CHRÉTIENNE.
IL FAUT AGIR, CADWALL!
QUELQU'UN DOIT DE NOUVEAU BRANDIR EXCALIBUR ET REPRENDRE L'OEUVRE DE MON CHER ARTHUR.
VOUS PENSEZ À ... MOI ?!?
VIVIANE .. OUG .. .. VOUS .. OUG .. .. REMETTRA .. .. OUG .. L'ÉPÉE
FAMEUSE VOTRE BIÈRE!
ELLE EST BRASSÉE AU CHÂTEAU ?
SEIGNEUR CADWALL!
QUE SE PASSE-T-IL ENCORE?
ÇA DOIT ÊTRE VIVIANE. ELLE ADORE FAIRE SON INTÉRESSANTE.
14

C'EST LA VIERGE MARIE ! ALLELUYA !
HU HU ! VIERGE, ELLE ? JE PEUX TE GARANTIR QUE NON !
OU ALORS PEUT-ÊTRE DES OREILLES AU MAXIMUM !
LA FERME VIEUX BOUC.
J'AI TROUVÉ NOTRE DESCENDANT DE GALAHAD, DU BON CHEVALIER BIEN COSTAUD. IL SERA IMPEC.
MA DAME JE NE SAIS COMMENT...
POC
POC
VOICI EXCALIBUR, L'EPEE DES ROIS, ELLE T'APPORTERA LA VICTOIRE TANT QUE TU COMBATTRA POUR NOTRE CAUSE.
MAIS ...
POUF
QUE LA FORCE SOIT AVEC TOI.
VIVIANE ! QU'EST CE QUE C'EST QUE CETTE HISTOIRE ? IL EST LÀ MON GUERRIER !
DÉSOLÉ PETITE ELLE PERD LES PÉDALES
RENDS ÇA À TON PAPA !
JE ...
WAÏE
15

KLING
FFFF...
FZING
CETTE SALETÉ ÉTAIT BRÛLANTE! VIVIANE! QU'EST-CE QUE...
GNYNNED, TU SERAS LIBÉRÉE DE TA QUÊTE LORSQUE L'ORDRE ANCIEN SERA RÉTABLI.
MERLIN T'ASSISTERA.
ET MÉFIE-TOI DE LUI, IL A LES MAINS QUI S'AGITENT BEAUCOUP LORSQU'IL EST AVEC UNE JEUNE FILLE.
VIVIANE JE TE DÉTESTE!
BATRACIEN SÉNILE!
BON, C'EST PAS TOUT ÇA. CADWALL, SORTEZ CETTE ÉPÉE DU ROCHER ET QU'ON N'EN PARLE PLUS.
MAIS LA DAME DU LAC A DIT QUE...
VOUS HÉSITEZ ENTRE LES ORDRES DU GRAND MERLIN ET LE BABILLAGE D'UNE MORUE DÉGOULINANTE? MHH...?
BON, BON ....
GNNN...
C'EST PAS VRAI! ÇA RECOMMENCE!
16

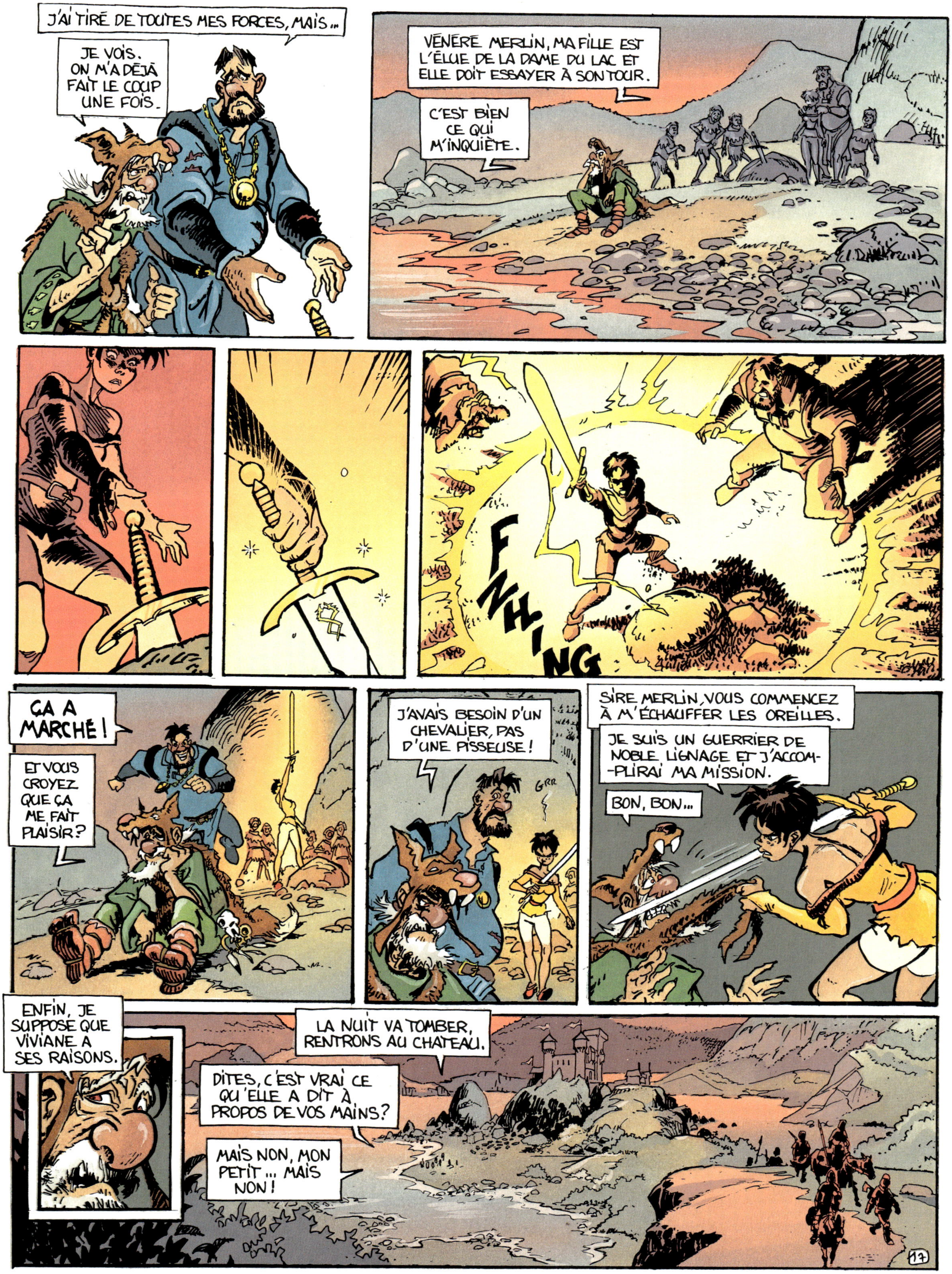
J'AI TIRÉ DE TOUTES MES FORCES, MAIS...
JE VOIS. ON M'A DÉJÀ FAIT LE COUP UNE FOIS.
VÉNÉRÉ MERLIN, MA FILLE EST L'ÉLUE DE LA DAME DU LAC ET ELLE DOIT ESSAYER À SON TOUR.
C'EST BIEN CE QUI M'INQUIÈTE.
FZHING
ÇA A MARCHÉ !
ET VOUS CROYEZ QUE ÇA ME FAIT PLAISIR ?
J'AVAIS BESOIN D'UN CHEVALIER, PAS D'UNE PISSEUSE !
GRR
SIRE MERLIN, VOUS COMMENCEZ À M'ÉCHAUFFER LES OREILLES.
JE SUIS UN GUERRIER DE NOBLE LIGNAGE ET J'ACCOMPLIRAI MA MISSION.
BON, BON...
ENFIN, JE SUPPOSE QUE VIVIANE A SES RAISONS.
LA NUIT VA TOMBER, RENTRONS AU CHÂTEAU.
DITES, C'EST VRAI CE QU'ELLE A DIT À PROPOS DE VOS MAINS ?
MAIS NON, MON PETIT... MAIS NON !

HEUREUX D'AVOIR TROUVÉ DE NOUVEAUX AMIS, MERLIN PRIT LE TEMPS DE FÊTER SON RÉVEIL
ZZZZZ
ZZZCLOCK ?
COCORI
CROUIK
UNE VOLAILLE À CHAQUE PETIT DÉJEUNER, IL A DE L'APPÉTIT, LE VIEUX !
TCHAK
IL FALLUT À L'ENCHANTEUR TROIS JOURS ET QUATRE NUITS POUR ASSÉCHER LES RÉSERVES DE BIÈRE DU CHÂTEAU DE GALAHAD.
CINQ CENTS ANS DANS UN CAILLOU, ÇA ASSÈCHE LE GOSIER.
QUELLE GUEULE DE BOIS MES ENFANTS !
MA PLUS BELLE BEUVERIE DEPUIS LA FOIS OÙ ON S'EST SAOULÉS AVEC ARTHUR POUR OUBLIER ...
FAUT DIRE QU'IL AVAIT DÉCOUVERT QUE CETTE CATIN DE GUENIÈVRE SE FAISAIT CULBUTER PAR LANCELOT ET ...
18

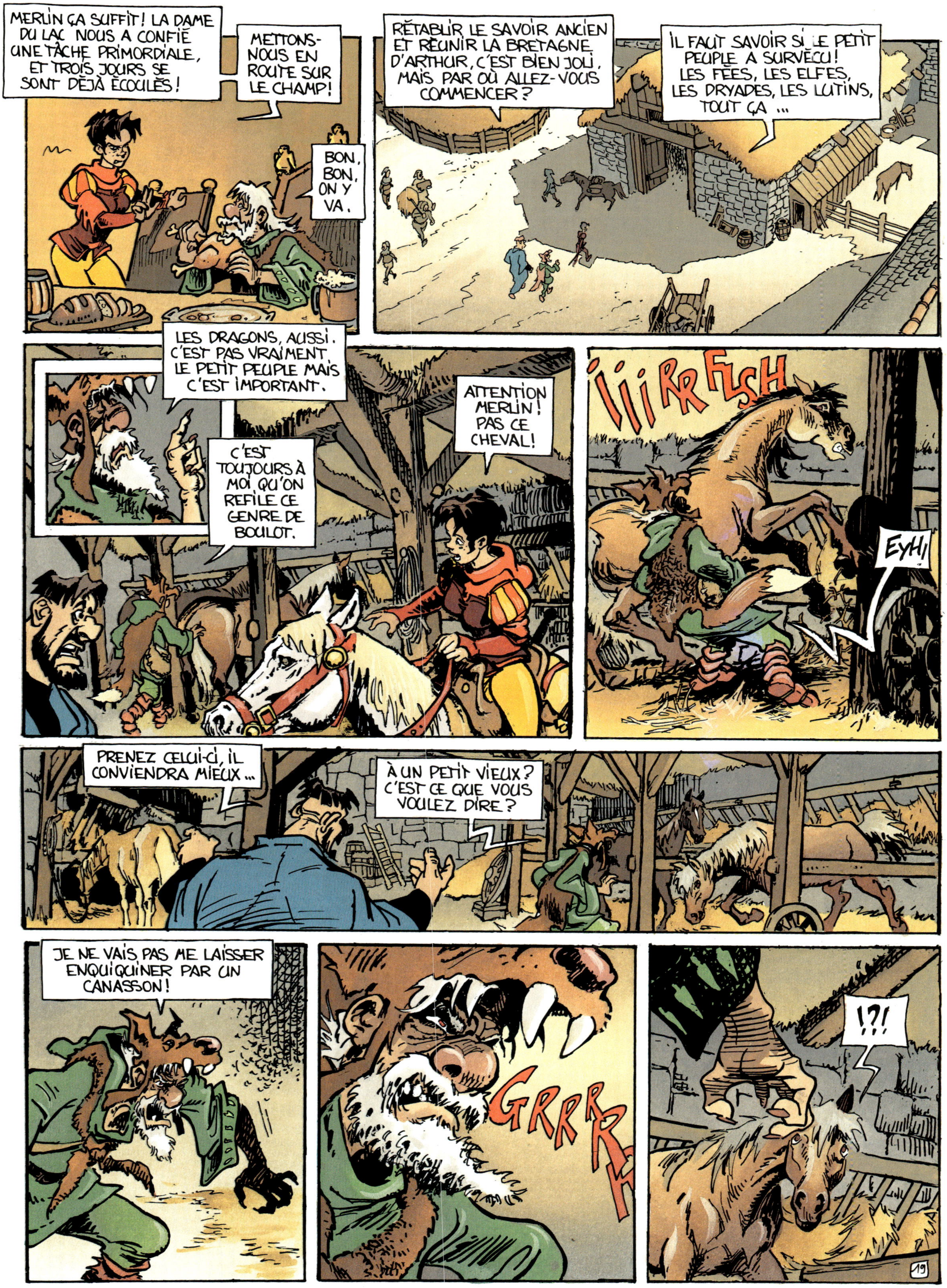
MERLIN ÇA SUFFIT ! LA DAME DU LAC NOUS A CONFIÉ UNE TÂCHE PRIMORDIALE, ET TROIS JOURS SE SONT DÉJÀ ÉCOULÉS !
METTONS-NOUS EN ROUTE SUR LE CHAMP !
BON, BON, ON Y VA.
RÉTABLIR LE SAVOIR ANCIEN ET RÉUNIR LA BRETAGNE D'ARTHUR, C'EST BIEN JOLI, MAIS PAR OÙ ALLEZ-VOUS COMMENCER ?
IL FAUT SAVOIR SI LE PETIT PEUPLE A SURVÉCU ! LES FÉES, LES ELFES, LES DRYADES, LES LUTINS, TOUT ÇA ...
LES DRAGONS, AUSSI. C'EST PAS VRAIMENT LE PETIT PEUPLE MAIS C'EST IMPORTANT.
C'EST TOUJOURS À MOI QU'ON REFILE CE GENRE DE BOULOT.
ATTENTION MERLIN ! PAS CE CHEVAL !
¡¡iiRR FLSH
EYH!
PRENEZ CELUI-CI, IL CONVIENDRA MIEUX...
À UN PETIT VIEUX ? C'EST CE QUE VOUS VOULEZ DIRE ?
JE NE VAIS PAS ME LAISSER ENQUIQUINER PAR UN CANASSON !
GRRRRH
!?!
19

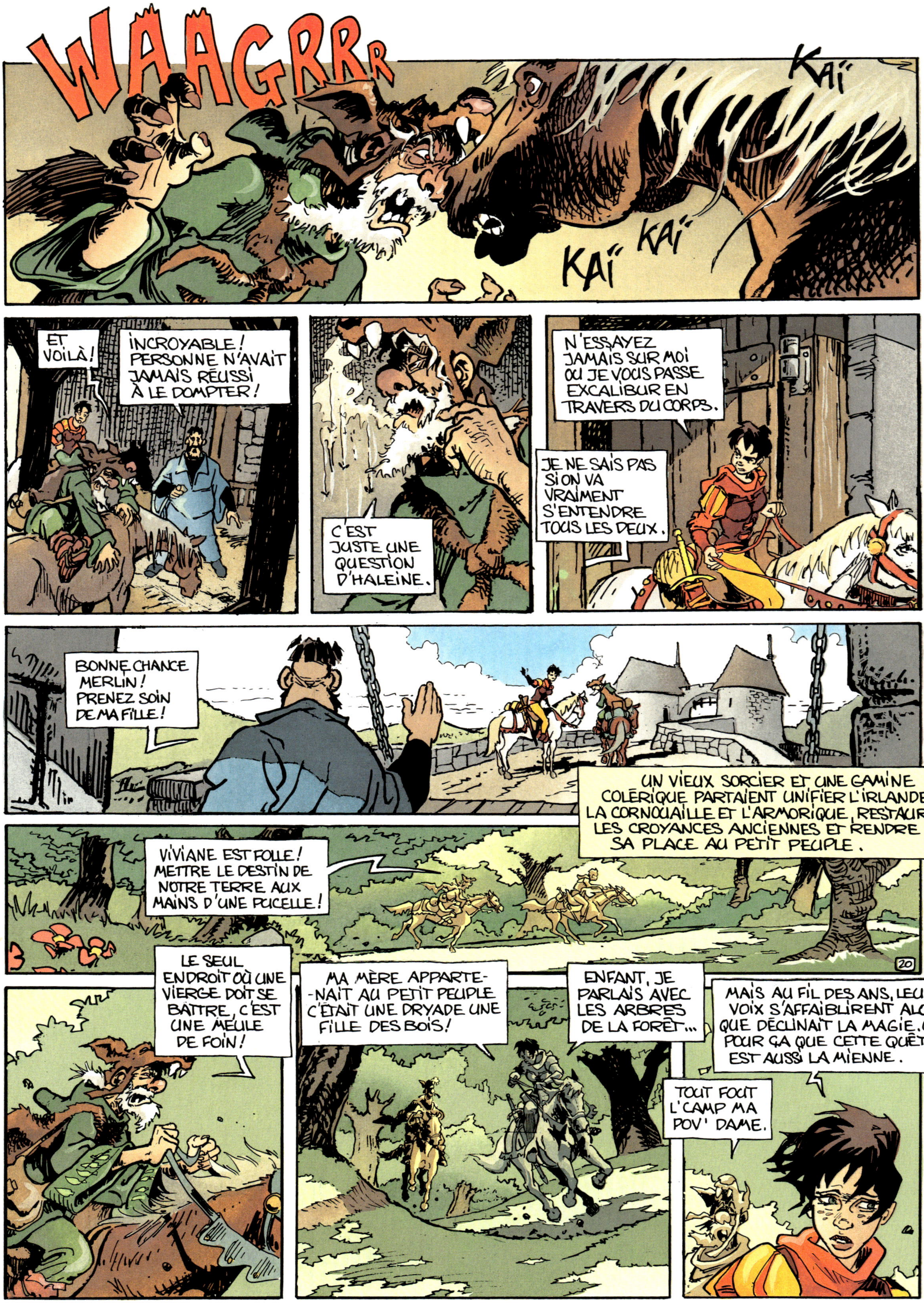
WAAGRRRR
KAÏ
KAÏ KAÏ
KAÏ
ET VOILÀ!
INCROYABLE! PERSONNE N'AVAIT JAMAIS RÉUSSI À LE DOMPTER!
C'EST JUSTE UNE QUESTION D'HALEINE.
N'ESSAYEZ JAMAIS SUR MOI OU JE VOUS PASSE EXCALIBUR EN TRAVERS DU CORPS.
JE NE SAIS PAS SI ON VA VRAIMENT S'ENTENDRE TOUS LES DEUX.
BONNE CHANCE MERLIN! PRENEZ SOIN DE MA FILLE!
UN VIEUX SORCIER ET UNE GAMINE COLÉRIQUE PARTAIENT UNIFIER L'IRLANDE LA CORNOUAILLE ET L'ARMORIQUE, RESTAURER LES CROYANCES ANCIENNES ET RENDRE SA PLACE AU PETIT PEUPLE.
VIVIANE EST FOLLE! METTRE LE DESTIN DE NOTRE TERRE AUX MAINS D'UNE PUCELLE!
20
LE SEUL ENDROIT OÙ UNE VIERGE DOIT SE BATTRE, C'EST UNE MEULE DE FOIN!
MA MÈRE APPARTE-NAIT AU PETIT PEUPLE C'ÉTAIT UNE DRYADE UNE FILLE DES BOIS!
ENFANT, JE PARLAIS AVEC LES ARBRES DE LA FORÊT...
MAIS AU FIL DES ANS, LEURS VOIX S'AFFAIBLIRENT ALORS QUE DÉCLINAIT LA MAGIE. C'EST POUR ÇA QUE CETTE QUÊTE EST AUSSI LA MIENNE.
TOUT FOUT L'CAMP MA POV' DAME.

VOUS VOUS MOQUEZ DE MOI, LÀ ?
MEUH NON.
JE SUIS UNE FILLE, MAIS J'AI TOUT DE MÊME COMPRIS UNE CHOSE MERLIN ...
INCROYABLE !
SI LA MAGIE DISPARAIT, VOUS MOURREZ.
ET SANS MOI ET EXCALIBUR, VOUS N'AVEZ AUCUNE CHANCE
ALORS VOUS ARRÊTEZ DE ME TRAITER COMME UNE GAMINE, ET VOUS ME DITES OÙ ON VA.
LES ÊTRES DE MAGIE SE SONT RÉFUGIÉS DANS LES SIDHES, LES PALAIS INVISIBLES. IL FAUT EN ROUVRIR LES PORTES.
LE PLUS IMPORTANT ÉTAIT LE SIDHE AUX MILLE CHARMES, DANS LE CONNEMARA. NOUS COMMENCERONS PAR LÀ.
MAIS D'ABORD ON PASSE À ARMAGH POUR T'ÉQUIPER UN PEU.
M'ÉQUIPER?
SI TU VEUX ÊTRE CHEVA-LIER, IL TE FAUT UNE ARMURE.
J'AI HORREUR DES ARMURES. C'EST LOURD ET QUAND IL PLEUT ÇA PUE LA ROUILLE.
EXCALIBUR NE PEUT PAS TE PROTÉGER DE TOUT.
Potion
Tailleur
ON DIRAIT QUE CE FORGERON A DES PROBLÈMES ...
21

FORGERO
SORTEZ! JE NE DONNERAI PAS UN LIARD POUR VOTRE MAUDITE ÉGLISE!
C'EST UNE TAXE ECCLÉSIASTIQUE ET ROYALE! VOUS DEVEZ PAYER!
J'EN AI ASSEZ DE VOIR LES CURÉS S'ENGRAISSER! HORS D'ICI!
SOLDATS, FAITES VOTRE DEVOIR.
JE VAIS LUI CHERCHER UN PRÊTRE POUR L'EXTRÊME ONCTION.
TCHAK
À MOI LA GARDE!
HOLÀ, TOUT DOUX FOUTU CANASSON!
PLACE PLACE
MAIS QUI SONT CES GENS?
DES MÉCHANTS.
RHAAAGNNN
SOLDATS, TUEZ LE!
22

DANS UN CAS COMME ÇA, MON ARTHUR AURAIT DÉJÀ...
TU M'ÉCOUTES?
GWYNNED ?!?
YABAHAAAA
FORGERON
EXCALIBUR AVEC MOI !
BRAVE PETITE! LE MÊME FOUTU CARACTÈRE QU'ARTHUR!
KLANG
MAIS QUI EST CETTE FILLE ?!?
23

VRUFFT
JE VAIS RENVOYER VOS TÊTES À RAN BORU LE ROI FÉLON !
ARHH
VOILÀ QUI EST PARLÉ EN IRLANDAIS, FORGERON !
SHLINK
ARGH
VOILÀ ENCORE DU RENFORT ! ILS NE S'EN SORTIRONT PAS !
IL EST HABITÉ PAR SATAN ! UNE SUCCUBE EST VENUE L'ASSISTER !
QU'ILS SOIENT PURIFIÉS DANS LE SANG ET LE FEU.
N'ABÎMEZ PAS TROP LA FORGE, C'EST UN BIEN DE L'ÉGLISE, MAINTENANT.
EXCALIBUR EST HEUREUSE DE RETROUVER DES CHAIRS À TRANCHER !
MERCI DE VOTRE AIDE, DAMOISELLE, MAIS ...
JE SAIS, ILS SONT TROP NOMBREUX !
MERLIN ! VIEUX BOUC ! TU NE POURRAIS PAS FAIRE QUELQUE CHOSE ?
IL DOIT BIEN RESTER UN PEU DE MAGIE DANS L'AIR DE CE FOUTU PAYS !
24

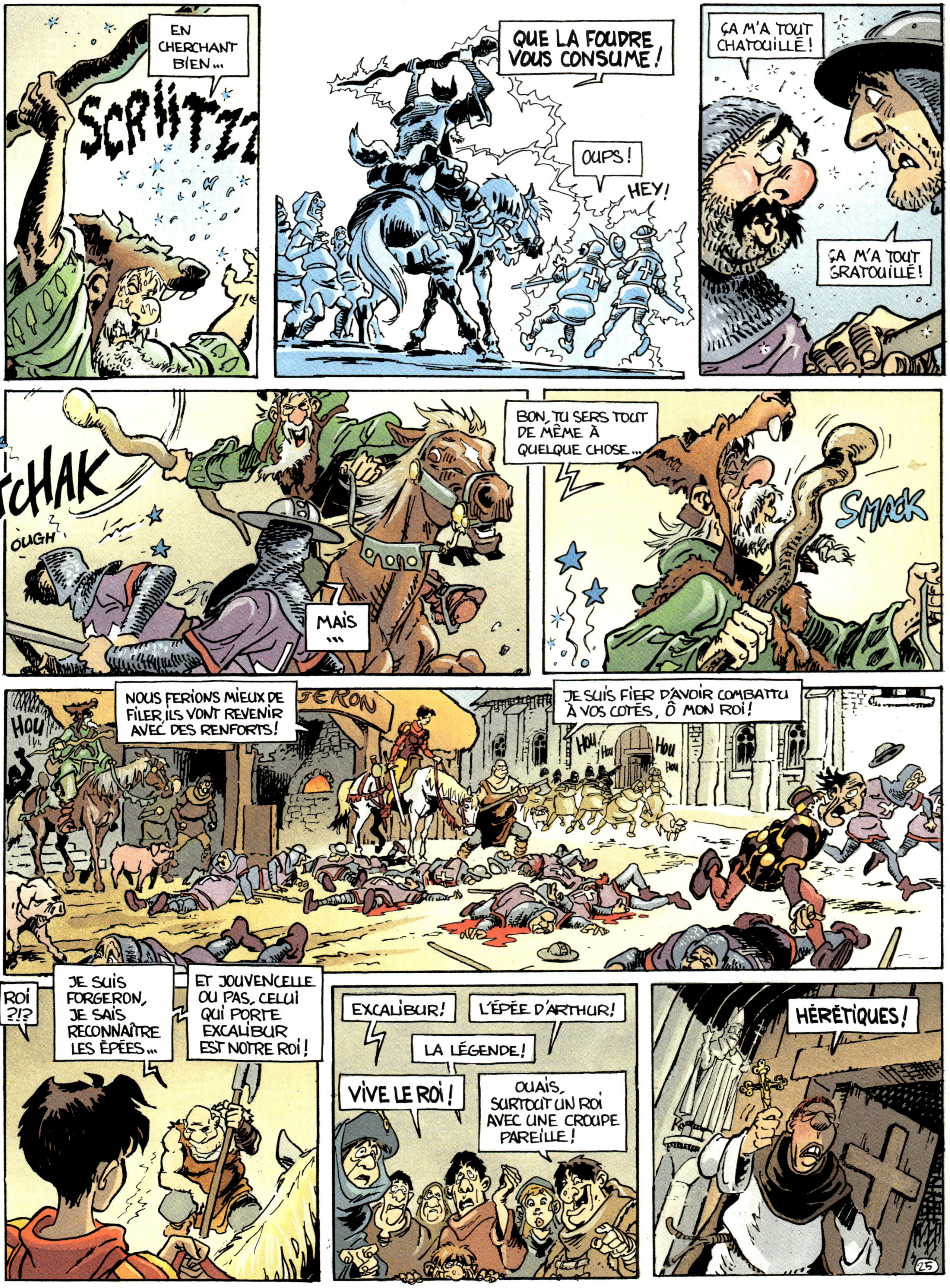

EN CHERCHANT BIEN...
SCRÜTZZ
QUE LA FOUDRE VOUS CONSUME !
OUPS !
HEY !
ÇA M'A TOUT CHATOUILLÉ !
ÇA M'A TOUT GRATOUILLÉ !
TCHAK
OUGH
MAIS ...
BON, TU SERS TOUT DE MÊME À QUELQUE CHOSE...
SMACK
NOUS FERIONS MIEUX DE FILER ILS VONT REVENIR AVEC DES RENFORTS !
HOU
JE SUIS FIER D'AVOIR COMBATTU À VOS CÔTÉS, Ô MON ROI !
HOU HOU HOU HOU
Roi ?!?
JE SUIS FORGERON, JE SAIS RECONNAÎTRE LES ÉPÉES...
ET JOUVENCELLE OU PAS, CELUI QUI PORTE EXCALIBUR EST NOTRE ROI !
EXCALIBUR !
L'ÉPÉE D'ARTHUR !
LA LÉGENDE !
VIVE LE ROI !
OUAIS, SURTOUT UN ROI AVEC UNE CROUPE PAREILLE !
HÉRÉTIQUES !
25

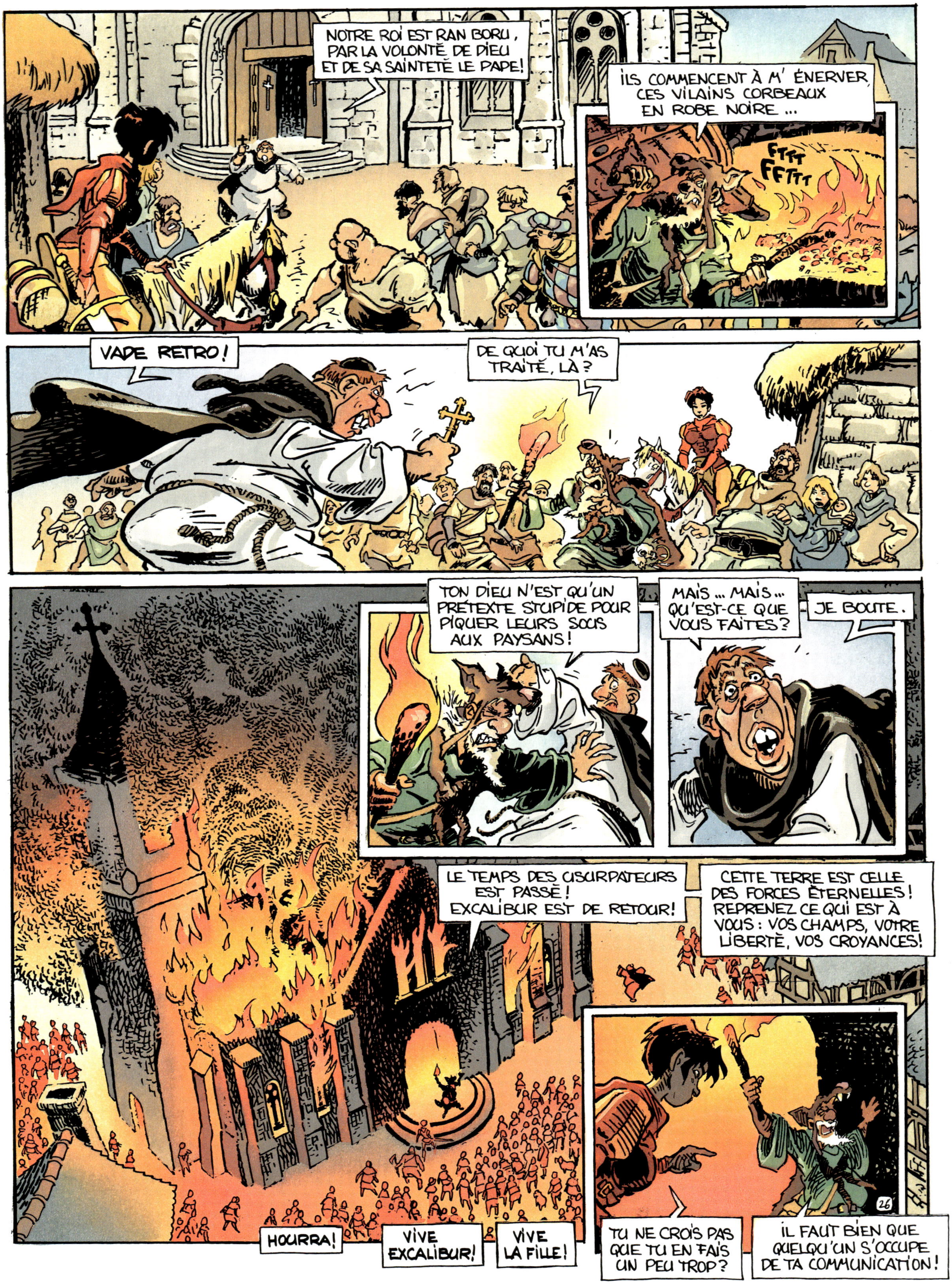
NOTRE ROI EST RAN BORU, PAR LA VOLONTÉ DE DIEU ET DE SA SAINTETÉ LE PAPE!
ILS COMMENCENT À M' ÉNERVER, CES VILAINS CORBEAUX EN ROBE NOIRE ...
FTTT FFTTT
VADE RETRO!
DE QUOI TU M'AS TRAITÉ, LÀ?
TON DIEU N'EST QU'UN PRÉTEXTE STUPIDE POUR PIQUER LEURS SOUS AUX PAYSANS!
MAIS ... MAIS ... QU'EST-CE QUE VOUS FAITES?
JE BOUTE.
LE TEMPS DES USURPATEURS EST PASSÉ! EXCALIBUR EST DE RETOUR!
CETTE TERRE EST CELLE DES FORCES ÉTERNELLES! REPRENEZ CE QUI EST À VOUS : VOS CHAMPS, VOTRE LIBERTÉ, VOS CROYANCES!
HOURRA!
VIVE EXCALIBUR!
VIVE LA FILLE!
TU NE CROIS PAS QUE TU EN FAIS UN PEU TROP?
IL FAUT BIEN QUE QUELQU'UN S'OCCUPE DE TA COMMUNICATION!
26

VENEZ TOUCHER EXCALIBUR! VENEZ LUI INSUFFLER VOTRE FORCE!
S'ILS RECOMMENCENT À Y CROIRE, LA MAGIE VA REVENIR.
LE ROI RAN BORU NE LAISSERA PAS LA REBELLION S'INS-TALLER, IL VA ENVO-YER DES TROUPES..
PREUM'S!
PLACE!
MOI D'ABORD!
N'AYEZ CRAINTE MAJESTÉ! NOUS LEUR TIENDRONS TÊTE
RAN BORU EST PUISSANT.
TOUS DANS LES MONTAGNES! RÉFUGIONS-NOUS DANS LA FORÊT ET RÉSISTONS À L'USURPATEUR!
JE FORGERAI DES ARMES POUR TOUS!
EN POUSSANT CES BRAVES GENS AU SOULÈVEMENT GÉNÉRAL TU LES AS CONDAM-NÉS À MORT MERLIN!
MEUH NON...
TU ES LÀ POUR LES DÉFENDRE!
MOI ?!?
JE CROYAIS QUE NOUS DEVIONS AU PLUS VITE REJOINDRE LE CONNEMARA?
EN EFFET, DÈS QUE LA SITUATION ICI SERA RÉGLÉE.
JE PENSE À UN NOUVEL ALLIÉ POUR NOS AMIS ...
TOUT LE VILLAGE EST D'ACCORD. NOUS ALLONS NOUS RETRANCHER DANS LA FORÊT. JE VAIS FORGER DES ARMES..
À CE PROPOS, IL NOUS FAUDRAIT UNE ARMURE POUR LA PETITE.
QUELQUE CHOSE DE SEYANT, PAS TROP ENCOMBRANT...
GNPF..
27

TARA, VIEILLE CITÉ CELTIQUE CAPITALE MILLÉNAIRE DE L'IRLANDE. C'EST D'ICI QUE RAN BORU, ROI AVACHI SUR LE SOUVENIR DE SES VICTOIRES, GOUVERNE AVEC LA CRUAUTÉ DES FAIBLES.
NOUS DEVONS VOIR LE ROI!
C'EST URGENT!
LE COLLECTEUR DE TAXES ET LE CURÉ D'ARMAGH DEMANDENT AUDIENCE, SIRE.
ENCORE DES DOLÉANCES?
PARLEZ MAIS FAITES VITE. L'ADMINISTRATIF M'ENNUIE.
LE PEUPLE D'ARMAGH S'EST SOULEVÉ, SIRE!
ILS ONT MÊME BRÛLÉ MON ÉGLISE!
BRÛLÉ L'ÉGLISE? ILS SERONT DAMNÉS!
QUI SONT LES MENEURS?
UN FORGERON, UNE DAMOISELLE ...
ET... HEU... UN VIEILLARD QUI PRÉTEND ÊTRE L'ENCHANTEUR MERLIN.
MORDRED, MON BON ÉVÊQUE, OCCUPEZ-VOUS DE ÇA VOUS VOULEZ BIEN?
ENVOYEZ L'ARMÉE, BRÛLEZ, TUEZ, VIOLEZ, PILLEZ...
LA PROCÉDURE HABITUELLE, QUOI.
28

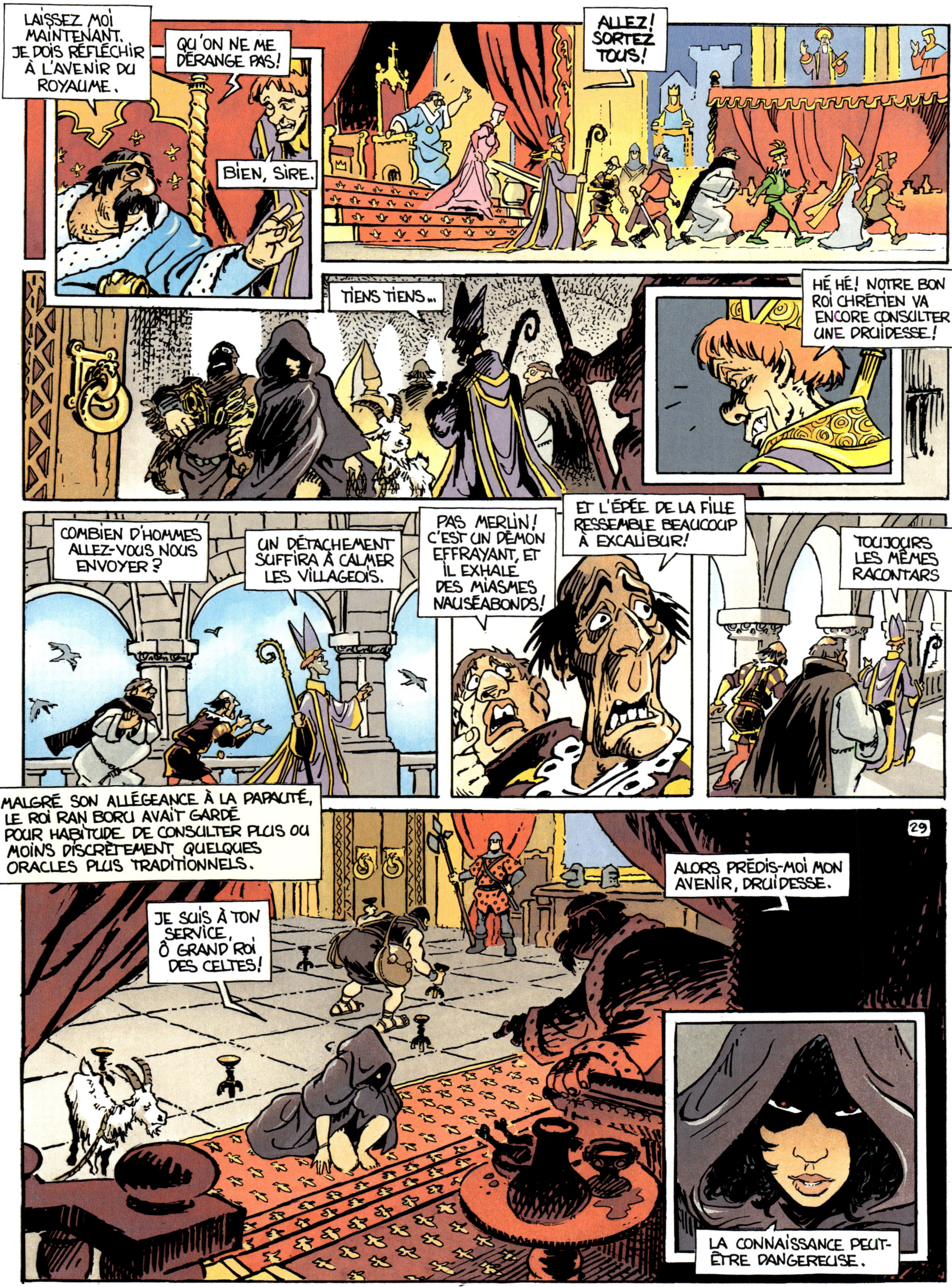
LAISSEZ MOI MAINTENANT. JE DOIS RÉFLÉCHIR À L'AVENIR DU ROYAUME.
QU'ON NE ME DÉRANGE PAS!
BIEN, SIRE.
ALLEZ! SORTEZ TOUS!
TIENS TIENS...
HÉ HÉ! NOTRE BON ROI CHRÉTIEN VA ENCORE CONSULTER UNE DRUIDESSE!
COMBIEN D'HOMMES ALLEZ-VOUS NOUS ENVOYER?
UN DÉTACHEMENT SUFFIRA À CALMER LES VILLAGEOIS.
PAS MERLIN! C'EST UN DÉMON EFFRAYANT, ET IL EXHALE DES MIASMES NAUSÉABONDS!
ET L'ÉPÉE DE LA FILLE RESSEMBLE BEAUCOUP À EXCALIBUR!
TOUJOURS LES MÊMES RACONTARS
MALGRÉ SON ALLÉGEANCE À LA PAPAUTÉ, LE ROI RAN BORU AVAIT GARDÉ POUR HABITUDE DE CONSULTER PLUS OU MOINS DISCRÈTEMENT QUELQUES ORACLES PLUS TRADITIONNELS.
29
ALORS PRÉDIS-MOI MON AVENIR, DRUIDESSE.
JE SUIS À TON SERVICE, Ô GRAND ROI DES CELTES!
LA CONNAISSANCE PEUT-ÊTRE DANGEREUSE.

OUAIS, ET C'EST VALABLE POUR TOUT LE MONDE.
ÉPARGNE-MOI TES COMMENTAIRES ET METS-TOI AU TRAVAIL.
EUH... IMMÉDIATEMENT GRAND ROI.
SCRÎÎÎTCH
FRAKHTAL AN UPHRET...
VHAN RAN BORU GHAHALATHUG!
J'ADORE CE MOMENT.
POUR UN PEU JE ME SENTIRAIS DEVENIR MYSTIQUE!
BARTHUG DHONVLARHT...
30

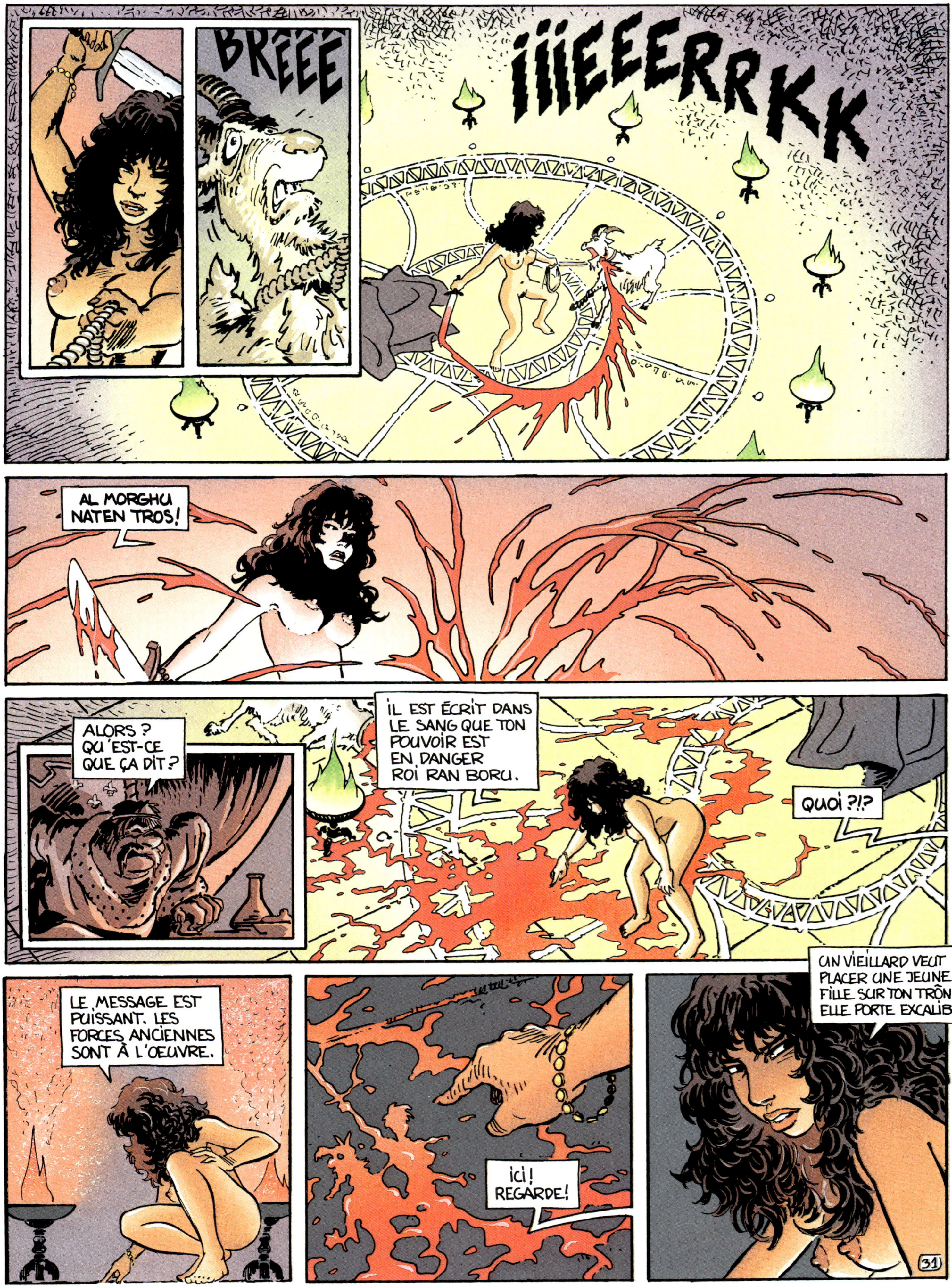
BRÊÊÊ
¡¡¡EEERRKK
AL MORGHU NATEN TROS!
ALORS ? QU'EST-CE QUE ÇA DIT ?
IL EST ÉCRIT DANS LE SANG QUE TON POUVOIR EST EN DANGER ROI RAN BORU.
QUOI ?!?
LE MESSAGE EST PUISSANT. LES FORCES ANCIENNES SONT À L'OEUVRE.
ICI! REGARDE!
UN VIEILLARD VEUT PLACER UNE JEUNE FILLE SUR TON TRÔNE. ELLE PORTE EXCALIBUR.
31

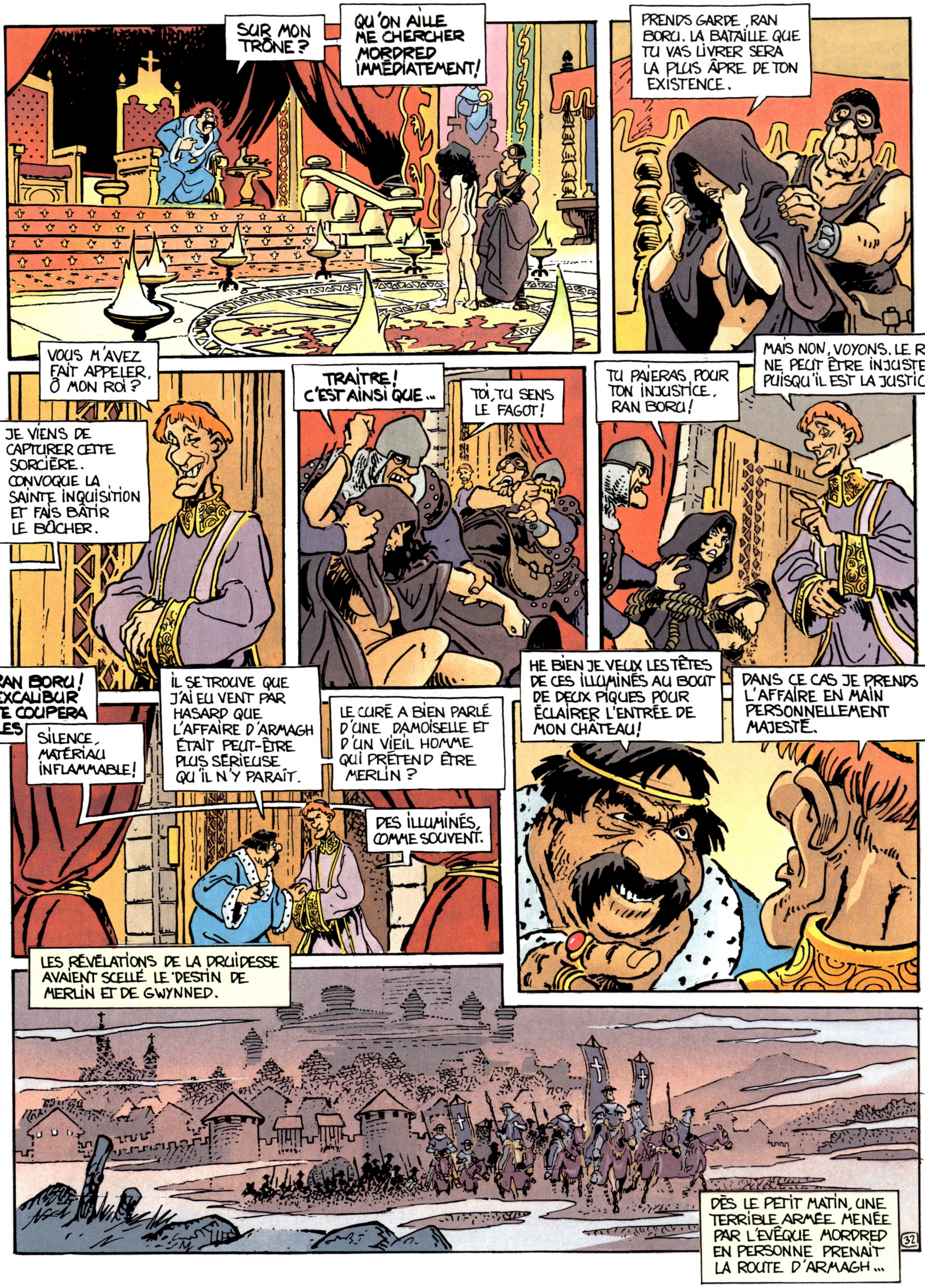
SUR MON TRÔNE ?
QU'ON AILLE ME CHERCHER MORDRED IMMÉDIATEMENT !
PRENDS GARDE, RAN BORU. LA BATAILLE QUE TU VAS LIVRER SERA LA PLUS ÂPRE DE TON EXISTENCE.
VOUS M'AVEZ FAIT APPELER, Ô MON ROI ?
JE VIENS DE CAPTURER CETTE SORCIÈRE. CONVOQUE LA SAINTE INQUISITION ET FAIS BÂTIR LE BÛCHER.
TRAITRE ! C'EST AINSI QUE...
TOI, TU SENS LE FAGOT !
TU PAIERAS, POUR TON INJUSTICE, RAN BORU !
MAIS NON, VOYONS. LE ROI NE PEUT ÊTRE INJUSTE PUISQU'IL EST LA JUSTICE.
RAN BORU ! EXCALIBUR TE COUPERA LES
SILENCE, MATÉRIAU INFLAMMABLE !
IL SE TROUVE QUE J'AI EU VENT PAR HASARD QUE L'AFFAIRE D'ARMAGH ÉTAIT PEUT-ÊTRE PLUS SÉRIEUSE QU'IL N'Y PARAÎT.
LE CURÉ A BIEN PARLÉ D'UNE DAMOISELLE ET D'UN VIEIL HOMME QUI PRÉTEND ÊTRE MERLIN ?
DES ILLUMINÉS, COMME SOUVENT.
HE BIEN JE VEUX LES TÊTES DE CES ILLUMINÉS AU BOUT DE DEUX PIQUES POUR ÉCLAIRER L'ENTRÉE DE MON CHÂTEAU !
DANS CE CAS JE PRENDS L'AFFAIRE EN MAIN PERSONNELLEMENT MAJESTÉ.
LES RÉVÉLATIONS DE LA DRUIDESSE AVAIENT SCELLÉ LE DESTIN DE MERLIN ET DE GWYNNED.
DÈS LE PETIT MATIN, UNE TERRIBLE ARMÉE MENÉE PAR L'ÉVÊQUE MORDRED EN PERSONNE PRENAIT LA ROUTE D'ARMAGH...
32

TOUTE LA POPULATION DU VILLAGE S'ÉTAIT RÉFUGIÉE DANS LES COLLINES BOISÉES ET AVAIT INSTALLÉ SON CAMP AU CŒUR D'UNE PROFONDE FORÊT. ON S'Y PRÉPARAIT À LA GUÉRILLA CONTRE LES TROUPES QUE RAN BORU NE MANQUERAIT PAS DE DÉPÊCHER.
MERLIN!
TOUT LE MONDE ICI TRAVAILLE, ET TOI TU NE FAIS QUE BOIRE!
JE ME PRÉPARE.
C'EST TOUJOURS MIEUX QUE D'ESSAYER DE PARLER AUX ARBRES, NON?
JE PARLE AUX ARBRES PARCE QUE MA MÈRE ÉTAIT UNE DRYADE! ET FIGURE-TOI QUE JE COMMENCE À ENTENDRE DE NOUVEAU LEURS VOIX!
LAISSE TOMBER, ILS N'ONT JAMAIS EU UNE CONVERSA-TION INTÉRESSANTE.
ILS SONT TOUJOURS À SE PLAINDRE QUE LE SOL EST TROP CAL-CAIRE, QUE DES CHAMPIGNONS LES GRATTENT, QUE DES ÉCUREUILS LEUR ONT FAIT DES TROUS PARTOUT...
DÉTROMPE-TOI. LA RUMEUR DES FEUILLES VIENT DE M'APPRENDRE QUE DES PETITS GROUPES D'HOMMES EN ARMES PATROUILLENT NON LOIN DE LA LISIÈRE.
AH.
ALERTE! ALERTE!
QUE SE PASSE-T-IL?
L'ARMÉE EST LÀ! ARMAGH EST EN FLAMMES!
33

ILS SONT DES MILLIERS! L'ÉVÊQUE MORDRED EN PERSONNE EST À LEUR TÊTE !
ILS ONT MIS LE PAQUET, QUOI!
ILS VONT COMPRENDRE QUE NOUS SOMMES DANS LES BOIS ...
D'ICI DEMAIN, ILS PEUVENT ÊTRE ICI!
NOUS SOMMES PRÊTS!
DANS LA FORÊT ILS SERONT PIÉGÉS!
OUAIS!
ON DIRAIT QUE RAN BORU A ENVOYÉ PLUS D'HOMMES QUE PRÉVU!
PAS D'AFFOLEMENT. ON VA DEMANDER UN COUP DE MAIN À UN VIEUX COPAIN...
L'ALLIÉ DONT TU PARLAIS?
SUIS-MOI, JEUNE FILLE!
VOUS... VOUS NOUS LAISSEZ MAINTENANT?
NOUS SERONS DE RETOUR DEMAIN MATIN. JUSQUE LÀ, ÉVITEZ DE TROP VOUS FAIRE TUER!
ON VA LOIN?
LES MONTS MOURNE À QUELQUES HEURES D'ICI.
ON VA CHERCHER QUI?
OH, FRÖHNYR.
C'EST UN DRAGON!
QUOI??
UN DRAGON?!?
UN VRAI DRAGON?!?
34

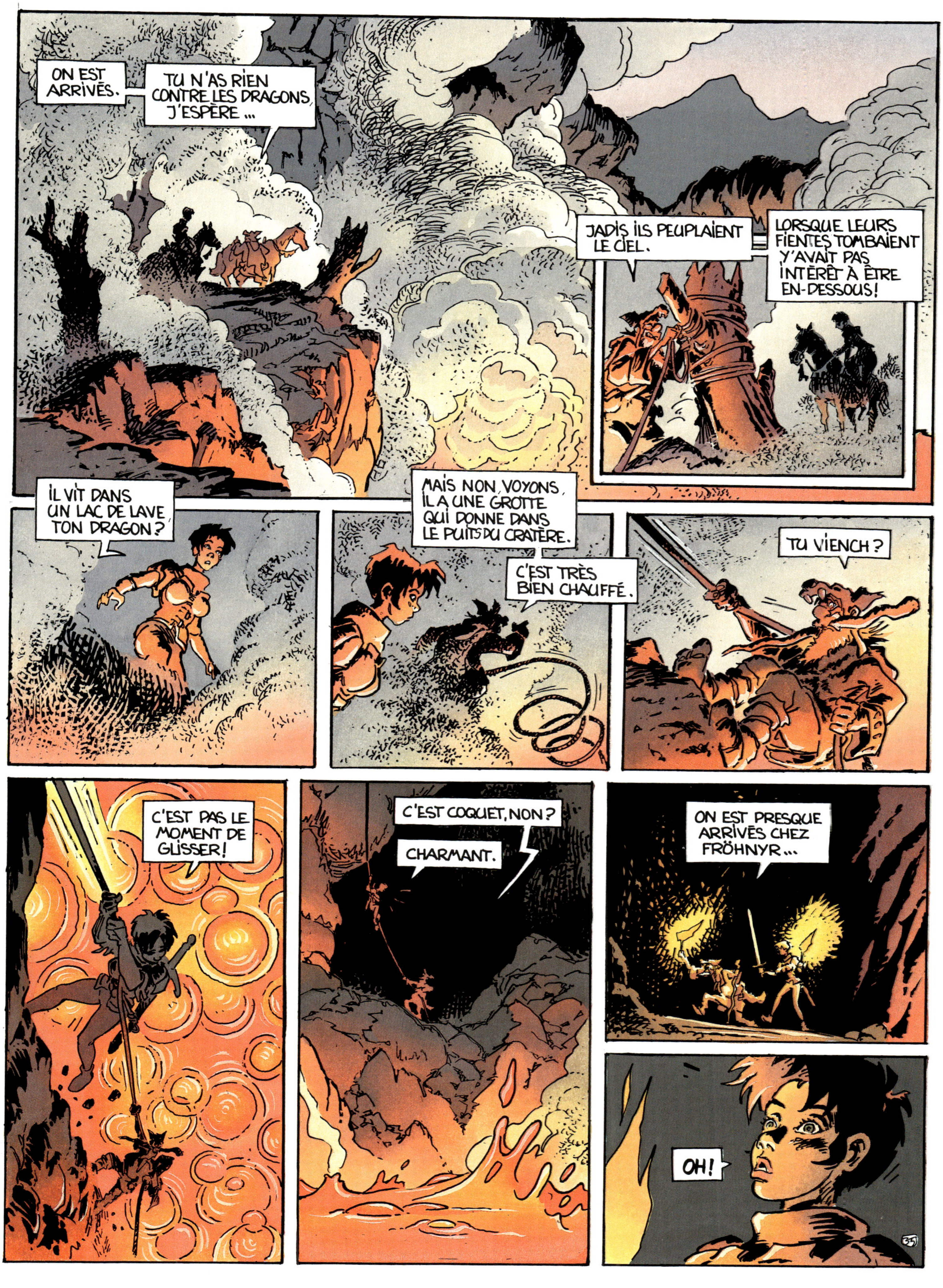

ON EST ARRIVÉS.
TU N'AS RIEN CONTRE LES DRAGONS, J'ESPÈRE ...
JADIS ILS PEUPLAIENT LE CIEL.
LORSQUE LEURS FIENTES TOMBAIENT Y'AVAIT PAS INTÉRÊT À ÊTRE EN-DESSOUS!
IL VIT DANS UN LAC DE LAVE TON DRAGON?
MAIS NON, VOYONS, IL A UNE GROTTE QUI DONNE DANS LE PUITS DU CRATÈRE.
C'EST TRÈS BIEN CHAUFFÉ.
TU VIENCH?
C'EST PAS LE MOMENT DE GLISSER!
C'EST COQUET, NON?
CHARMANT.
ON EST PRESQUE ARRIVÉS CHEZ FRÖHNYR...
OH!
35

MAIS...
IL EST MORT, TON DRAGON!
BIEN HEUREUSEMENT, SINON IL NOUS AURAIT BOUFFÉS TOUT CRU!
ALORS EN QUOI PEUT-IL ÊTRE UTILE AUX PAYSANS D'ARMAGH?
ILS VONT LANCER DES BIJOUX À LA TÊTE DES SOLDATS?
CES HOMMES CROIENT EN TOI. ILS ONT TOUCHÉ EXCALIBUR. LEUR FOI A CHARGÉ L'ÉPÉE DE MAGIE, GWYNNED.
ET MOI, LA MAGIE, JE SAIS M'EN SERVIR.
MONTE DONC PAR ICI.
NOUS ALLONS REDONNER VIE À CE DRAGON!
CE N'EST PAS TROP DANGEREUX?
EN THÉORIE, NON. IL AURA UNE DETTE ENVERS NOUS, ET LES DRAGONS SONT GENS D'HONNEUR.
36

PASSE-MOI EXCALIBUR.
IL NOUS FAUT UN PEU DE SANG
ÇA DEVRAIT SUFFIRE.
SLURPCH
ANH AL NAPHRA...
URBAS BIENDIS ...
VERETH SIEMPREH ...
EYH! ÇA BOUGE!
BROOOM

VRCLING
AIE!
UUURRH
ON DIRAIT QUE C'EST PRESQUE FINI
INCROYABLE! LA PEAU QUI ...
POUF
POUF
POUF
PFFF! ÇA, IL N'ÉTAIT PAS OBLIGÉ DE LE FAIRE. C'ÉTAIT JUSTE POUR T'ÉPATER.
SALUT MERLIN! C'EST GENTIL D'ÊTRE PASSÉ ME VOIR!
HEM..
EUH... FRÖHNYR, TU SAIS BIEN SÛR QUE JE T'AI REDONNÉ VIE, QUE TU AS UNE DETTE ET QUE LES DRAGONS SONT GENS D'HONNEUR?
TU N'AS PAS OUBLIÉ, HEIN?
JE ME SOUVIENS TRÈS BIEN QUE LA DERNIÈRE FOIS QU'ON S'EST VUS, TU INCITAIS UNE BANDE DE CHEVALIERS À ME TRANSPERCER DE LEURS LANCES, MERLIN!
HÉ HÉ! C'ÉTAIT LE BON VIEUX TEMPS, HEIN?
HÉLAS TU AS RAISON AUJOURD'HUI JE SUIS LIÉ À TOI PAR L'HONNEUR DES DRAGONS.
PFFF! QUELLE MISÈRE!
OUILLE!
PARFAIT!
PLING
38

LORSQUE L'AUBE SE LEVA, ARMAGH N'ÉTAIT PLUS QUE RUINES ET CENDRES. LA FORMIDABLE ARMÉE DE MORDRED SE DIRIGEAIT VERS LES COLLINES BOISÉES OÙ LES INSURGÉS AVAIENT TROUVÉ REFUGE.
MONSEIGNEUR MORDRED!
AH! LES ÉCLAIREURS REVIENNENT!
IL Y A DES TRACES DANS LA FORÊT. UN GRAND NOMBRE DE GENS ET DE CHARRETTES SONT PASSÉS PAR LÀ.
J'EN ÉTAIS SÛR ...
NOUS ALLONS RATISSER CES FORÊTS JUSQU'À CE QUE PLUS RIEN N'Y VIVE, PAS MÊME LES LAPINS!
VOUS AVEZ RAISON, MONSEIGNEUR. J'AI HORREUR DES LAPINS.
ÇA PUE PRESQUE AUTANT QUE LES PAYSANS!
HE.. HE..
LES VOILÀ QUI APPROCHENT!
TOUS LES PIÈGES SONT PRÊTS!
ÇA NE SERA PAS SUFFISANT. ILS SONT TROP NOMBREUX.
MAIS... QU'EST-CE QUE C'EST QUE ÇA?!?
39

ON DIRAIT... UN DRAGON!
ÇA DOIT ÊTRE LA BIÈRE QUI A ÉTÉ BRASSÉE UN PEU BRUTALEMENT...
NON! C'EST MERLIN ET GWYNNED!
SUS AUX USURPATEURS!
YAHABAHA!
ACCROCHEZ-VOUS...
ON VA RIGOLER UN PEU!
FFFRRRHHHSSSHHHH

ARRRGHHLL
IL APPELLE ÇA RIGOLER ?
C'EST DE L'HUMOUR DRAGON !
MALÉDICTION ! SATAN EST SUR NOUS !
UN DRAGON ! ARCHERS, EN PLACE !
FZZZZ
FZZZZZZ
FZZZZ
FZZZZ
PING
PING
CRACK
NOOOON ! À L'AIIIDE !
SAINT GEORGES ! SAUVEZ-NOUS !
AAARRHHH !

DÉLICHIEUX.
MIOM
CHOMP
CHOMP
BROOOPS PARDON.
DIS DONC FRÖHNYR! C'EST PAS LE MOMENT DE CASSER LA CROÛTE!
TAP
TAP
TAP
DÉPOSE-MOI AU SOL, FRÖHNYR. JE VEUX ALLER ME BATTRE!
GWYNNED! N'Y VA PAS, C'EST TROP DANGEREUX!
EXCALIBUR RÉCLAME DU SANG!
ELLE A DU CRAN CETTE PETITE! TU L'AS TROUVÉE OÙ ?
C'EST UNE IDÉE DE VIVIANE. ME COLLER UNE MORVEUSE...
RÂLE PAS, ÇA SE VOIT QUE TU L'AIMES BIEN!
C'EST PAS UNE RAISON.
TRAVAILLE AU LIEU DE DIRE DES ÂNERIES!
VROOUF
MONSEIGNEUR! NOTRE ARMÉE EST DÉCIMÉE IMPOSSIBLE DE LUTTER CONTRE CE MONSTRE!
REPLIONS-NOUS À COUVERT SOUS LA FORÊT!
ILS VIENNENT PAR ICI!
NOUS TIENDRONS!
TENEZ-VOUS PRÊTS!
42

PAR ICI ! VENEZ VOUS BATTRE, LÂCHES !
QU'EST-CE QUE C'EST QUE CETTE JOUVENCELLE ?
UNE FILLE QUI BRANDIT UNE ÉPÉE ?
CES PAYSANS ONT BESOIN D'UNE BONNE LEÇON !
HYAHAAAA
VIENS PAR ICI, MON GROS...
HOP..
MAIS...
AARRHH!
IIIIRHHHHH
ENFIN UNE MONTURE SANS AILES !
TOI, TU MOURRAS PIÉTON !
VLOTCH
43

ELLE A APPRIS CE NUMÉRO ÉQUESTRE AVEC DES TROUBADOURS ?
C'EST DANS LE SANG, ELLE DESCEND DE GALAHAD!
FFRRUUSSH
N'ABÎME PAS TROP LES ARBRES, C'EST DES COPAINS DE LA P'TITE.
EXCALIBUR A SOIF!
AARRHH!
ON DIRAIT QUE VOTRE DIEU VOUS A OUBLIÉS...
EUH... ON PEUT SE CONVERTIR À CE QUI VOUS ARRANGE SI VOUS VOULEZ!
VOUS NE DEVEZ POINT AVOIR DE DIEU NI DE MAÎTRE! CONTENTEZ-VOUS DE RESPECTER LA TERRE ET LES HOMMES!
PIS LES FILLES, AUSSI.
BLARF
ÇA NE VA PAS PLAIRE À RAN BORU...
À L'ATTAQUE!
DAMNATION!
44

ATTENTION!
LES PAYSANS!
ARRGH!
C'EST UN PIÈGE!
IL FAUT SE DÉGAGER!
TCHAK
TCHAK
OOORRGLL
JE DOIS ME SORTIR D'ICI!
IL Y EN A UN QUI S'ENFUIT!
OÙ EST-IL PASSÉ ?
C'EST UN CAUCHEMAR! DES MILLIERS D'HOMMES ANÉANTIS PAR CES MOINS QUE RIEN!
ON SE REND!
RETENEZ VOTRE ÉPÉE!
ON DIRAIT QUE ÇA SE CALME, LÀ EN DESSOUS...
45

VIVE EXCALIBUR!
VIVE LA ROI! EUH...
VIVE LE DRAGON!
TU N'AS JAMAIS ÉTÉ AUSSI POPULAIRE, FRÖHNYR!
VOUS NOUS AVEZ SAUVÉS DU DÉSASTRE!
OH, C'EST RIEN. JUSTE UN COUP À PRENDRE.
À PROPOS DE COUP, C'EST PAS DES TONNEAUX DE BIÈRE, LÀ-BAS ?
RAN BORU NE CAUSERA PLUS AUCUN DÉSAGRÉ-MENT À NOS AMIS, N'EST-CE PAS FRÖHNYR?
TOUT À FAIT!
JE VAIS M'INSTALLER DANS LE COIN, J'ADORE LE SOLDAT GRILLÉ.
VOUS REPRENEZ VOTRE ROUTE VERS LE CONNEMARA, MAJESTÉ ?
C'EST NOTRE QUÊTE, RÉVEILLER TOUTE LA MAGIE DE L'IRLANDE!
OUAIS, BEIN ON DIRAIT QU'IL Y A DU BOULOT!
HA HA HA HA
HI HI
RHHOONNFFL RRFFLLLZZZ
46
FIN
PROCHAIN ÉPISODE:
LE SIDHE AUX MILLE CHARMES
SCÉNARIO : SCOTCH ARLESTON
DESSINS: ÉRIC HÜBSCH
LETTRAGES: ISABELLE MORCRETTE
COULEURS: CHAGNAUD